# TRIBAL TANZT

# IN DER WELT VON OSKAR SCHLEMMER

von Anne Funck
nach einer Idee von Anke Menz-Bächle

KLINKHARDT
& BIERMANN

# LIEBE KUNSTFREUNDIN, LIEBER KUNSTFREUND,

vielleicht kennst du ihn bereits, vielleicht lernst du ihn aber auch heute erst kennen: Oskar Schlemmer war ein Künstler, der vor knapp hundert Jahren in Stuttgart lebte. Zusammen mit Freunden, wie den Malern Paul Klee und Wassily Kandinsky, hat er damals die Kunst verändert. Noch heute finden wir ihre Erfindungen richtig modern. Und das nach so langer Zeit! Oskar Schlemmer war nicht nur Maler und Bildhauer, sondern hat auch fürs Theater gearbeitet. Er entwarf Bühnenbilder und ungewöhnliche Ballettaufführungen mit fantasievollen Kostümen, manche sehen aus wie Astronautenanzüge oder Rüstungen. Sie anzuziehen und mit ihnen zu tanzen war bestimmt nicht leicht! Die Originale aus seinem berühmtesten Stück, dem »Triadischen Ballett«, kannst du in der Staatsgalerie bewundern.

Dort findet gerade eine große Ausstellung zu Oskar Schlemmer statt, in der es für jeden etwas zu entdecken gibt. Viele Überraschungen warten hier auf dich. Wie immer haben wir für dich einen Audioguide vorbereitet und zum ersten Mal ein Kinderbuch gestaltet. Das verdanken wir der L-Bank, die nicht nur die Idee, sondern auch das Geld dafür gegeben hat. Deshalb möchte ich dem Vorstand der L-Bank, Herrn Dr. Axel Nawrath, ganz herzlich danken. Ebenso gilt allen Beteiligten aus der Kunstvermittlung und dem Verlag, die das Buch mit viel Liebe zum Detail umgesetzt haben, mein besonderes Dankeschön.

Nun aber heißt es: Bühne frei für fantastische Figuren, Pingpong, Krachmacher, Smarties im Wellengang, und vieles mehr! Der neugierige Tribal führt dich durch die spannende Welt von Oskar Schlemmer – und übrigens: Es gibt auch viele Mitmachtipps, denn wir sind sicher, dich kribbelt es schon in den Fingern, wenn du das alles siehst.

Viel Spaß dabei!

CHRISTIANE LANGE
Direktorin Staatsgalerie Stuttgart

# LIEBE KINDER,

Oskar Schlemmer, ein Triadisches Ballett, davon habt ihr wahrscheinlich noch nie etwas gehört. Ganz ehrlich: viele Erwachsene auch nicht. Die Kostüme für das Ballett sehen auf den ersten Blick ziemlich ungewöhnlich aus – ganz anders als die Kleider, die Balletttänzer sonst tragen. Aber mit diesen Kostümen verhält es sich ähnlich, wie mit vielem, das wir nicht kennen und erst einmal seltsam finden. Wenn uns dann, wie hier im Kinderbuch, eine Geschichte dazu erzählt wird und wir mehr darüber wissen, ist es gar nicht mehr seltsam, sondern manchmal sogar schön, lustig oder spannend – oder alles zusammen.

Und was hat die L-Bank damit zu tun? Für Kinder und Familien setzt sich die L-Bank bei vielen Dingen ein: Fragt mal eure Eltern, wahrscheinlich haben sie Elterngeld oder Erziehungsgeld von uns bekommen, als ihr geboren wurdet. Damit hatten eure Eltern mehr Zeit für euch, als ihr klein wart. Oder sie haben mit unserer Förderung ein Haus gebaut, mit einem schönen Zimmer für euch. Entdeckt ihr auch gern unbekannte Dinge oder bastelt verrückte Sachen? Ganz so wie Oskar Schlemmer? Deshalb haben wir uns zusammen mit der Staatsgalerie dafür eingesetzt, dass dieses Buch für euch Kinder entsteht. Und wir ermöglichen auch, dass Kinder und Jugendliche bis 20 Jahre keinen Eintritt in der Staatsgalerie zahlen müssen. Nutzt diese Möglichkeit – in den Ausstellungen gibt es immer viel zu entdecken!

**AXEL NAWRATH**
Vorsitzender des Vorstands L-Bank

**Schatzsuche**
Gefunden ist gefunden!
Das ist mein Ringelkostüm.

1

# TRIBAL, DER NEUE TÄNZER

Ich bin Tribal, der neue Tänzer im Ballett, das gleich auf der Bühne geprobt wird! Heute geht's zur Sache: Ich kämpfe mich durch die geheime Kostümkammer der Staatsgalerie. Kaum zu glauben, endlich mal Klamotten, die so richtig cool sind! Hier soll es für mich ein buntes Ringelkostüm geben?

# SCHUTZANZUG MIT TURBAN

Komische Nummer, was ist denn das? Zwei stramme Wattearme, zwei Wattebeine und dazwischen ein Ringelkörper – wie soll ich denn da hineinschlüpfen? Boxsäcke sind nichts dagegen, so anstrengend ist es, sie überzustreifen. Rücken gerade, Bauch rein – und zumachen. Aber wie? Statt Reißverschlüsse und Klettverschlüsse gibt es nur Spangen, Haken und Ösen. Sie sind so umständlich zu schließen, dass ich mir glatt meine Großmutter herbeiwünsche. Oder besser gesagt Urgroßmutter. Denn die hat vor hundert Jahren gelebt, als dieses Kostüm wohl geschneidert wurde.

# PINGPONG

Wie ich jetzt dastehe! Stoßdämpfer kann ich mir sparen, ich stecke in einem perfekten Aufprallanzug fürs Pingpong-Spiel. Wenn ihr mich nicht aufhaltet, rolle ich los und werde vom Tribal zum Triball. Achtung, aus dem Weg, ich komme! Die bunten Ringe um den Bauch und der Ringelturban machen mich im Kopf ganz wuschig. Da hilft nur kreiseln, im Schnelldurchlauf, damit die Farben verschwimmen. Ach, und hier in der Ecke sind noch zwei Klangstäbe. Damit gebe ich den Rhythmus vor: Tack, tack, tack – eins und zwei und drei, Tribal tanzt herbei!

# BÜHNE FREI

Gerade noch ins Publikum geschafft. Heute bin ich erstmal Zaungast und darf der Vorstellung zusehen. Alle auf den Plätzen um mich herum schauen mich an. Und tuscheln wie verrückt, aber ich lasse mir nichts anmerken und schalte auf Durchzug. Wenn die Prozedur des Ausziehens so lange dauert wie das Anziehen, hätte ich die Vorstellung garantiert verpasst.

**2**

**Alle angezogen.** Hier stehen die Figuren in den verrücktesten Kostümen am Start. Welche tanzt wohl als Erste aus der Reihe?

**3**

**Schwerelos.** Wie der Erdball um die Sonne dreht die Tänzerin ihre Runden. Ist deshalb alles so gelb?

**4**

**Erdanziehung.** Nur mühsam kann sich der Taucher bewegen. Warum auch? Genügend Wind macht ja schließlich schon die Dame oben!

**5**

**Mondgesicht.** Der Taucher hat keine Arme, dafür umso mehr Troddeln. Oder vielmehr Tentakeln, mit lauter Sonnen dran.

# ZITRONENGELB

Plötzlich geht der Vorhang auf, es erklingt Musik. Und die Theaterbühne ist ganz gelb für den ersten Tanz.

# LANDEBAHN FÜR VERRÜCKTE

Eine Ringeldame betritt die Bühne und kreiselt wie eine Marionette durch den Raum. Ihr Oberkörper ist ganz steif, nur die Beine zappeln. Das ist eher drollig – das soll Ballett sein? Hinter ihr taucht eine Figur ohne Arme auf, mit riesigem kugeligem Kopf und strammen Zebrabeinen. Das muss der Taucher sein! Er sieht aus wie ein Astronaut, der direkt aus dem Weltraum kommt. Achtung, Achtung, Landebahn vorbereiten! Gemächlich bewegt er sich über ein Schachbrett. Auf einmal hüpfen – oder besser gesagt schwirren – Clowns in bunten Kostümen wie Planeten durch den Raum und machen allerlei Verrenkungen auf spitzen Sohlen. Willkommen im Sonnensystem. Ballett habe ich mir anders vorgestellt.

# FEST IN ROSA

Der Vorhang schließt sich, und als er wieder aufgeht, ist alles rosa. Eine weiße Schwanenfrau wird nicht müde, ihre Runden zu drehen. Ihr Rock ist aus einem Fächer und wippt auf und ab, auf und ab. Endlich wird sie abgelöst.

## DER KRACHMACHER

Aus dem Nichts springt eine Figur mit dicken Armen und Beinen auf die Bühne und eröffnet den zweiten Tanz. Sie trägt einen geringelten Turban, hopst und rennt von einem Ende zum anderen und schlägt kräftig zwei Tschinellen aufeinander. Das sind metallene Becken, die man sich mit Schlaufen an den Händen befestigt und im Rhythmus zusammenschlägt. Perfekt für Tanzmusik, das macht richtig Krach. Wenn ich die mal in die Hände kriege, geht's los! Und das Kostüm von dem Tänzer! Keine Frage, er trägt meine Lieblingstracht. Ist das nicht der Anzug, in den ich gerade geschlüpft bin?

## SMARTIES IM WELLENGANG

Ein zweiter Tänzer mit geringelten Beinen und Armen und weißem Spitzhut schlägt mit voller Kraft zwei Klangstöcke gegeneinander. Gemeinsam tanzen sie mit einer Dame ganz in Rot. Ihr riesiger Hut und ihr gewaltiger Reifrock sind besetzt mit großen bunten Kugeln. Sie sehen aus wie

  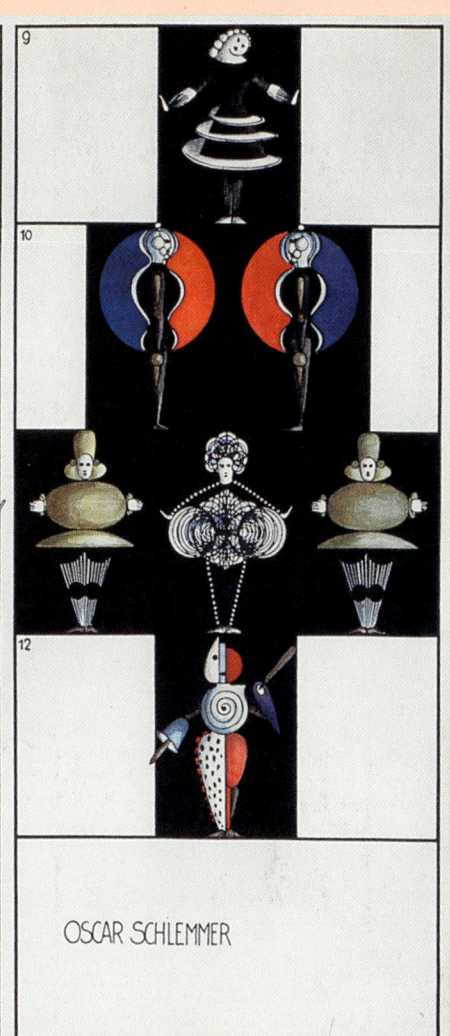

**6**

**Guter Plan.** Wie auf dem Spielbrett sind die Figuren aufgestellt. So weiß jeder, wer wann drankommt.

Smarties in der Größe von Satellitenschüsseln – ob sie auch so schmecken? Ein Fest. Die Dame wiegt sich hin und her, wie ein Schiff auf hoher See. Und die Tänzer mit ihrem Getöse buhlen wie zwei Schiffbrüchige um ihre Aufmerksamkeit. Wer von ihnen wohl den ersten Blick erhascht?

**7**

**Glücksspirale.** Der Tänzer hat seine Dame gefunden. Er lässt sie nicht mehr los.

# HELDEN IN SCHWARZ

Der Vorhang schließt sich, und als er wieder aufgeht, ist alles schwarz. Die Sonne schläft noch. Die Figuren stecken in schwarzen Trikots und tauchen plötzlich auf – aus dem Nichts, in Sekundenschnelle, als ob Lichtjahre keine Entfernung wären. Rundherum ist noch immer alles schattig. Damit ich überhaupt etwas erkenne, setze ich meine Adleraugen auf. Eine Frau im Spiralkleid wickelt sich spiralförmig um eine Spirale. Von so vielen Drehungen wird mir ganz schwindelig. Dann folgen Figuren mit riesigen Scheiben aus Metall, die langsam die Luft zerschneiden. Schweres Gepäck. Wie die wohl befestigt sind? Möchte ich mir auf keinen Fall antun – scheint unbequem zu sein.

# EINAUGE UND GOLDKNÜPPEL

Andere Tänzer sind mit Drähten umwickelt oder in große goldfarbene Kugeln gekleidet. Ein Aufmarsch von Marsmenschen? Die wirken ganz bedrohlich, besonders die große Figur mit nur einem Auge und dem goldfarbenen Knüppel in der Hand. Und am anderen Arm hängt eine Glocke mit einem Dorn. Ist das der Abstrakte? Nicht gerade sympathisch.

**Kreisrund.** Die Spiraldame schraubt sich durch den Raum. Wie eine Girlande.

8

### KOSTÜMIERUNGEN
—
Zitronengelb, Zuckerrosa, Pechschwarz: Wie sieht dein Traumkostüm aus? Zaubere mit Stoffresten, Buntstiften oder Wasserfarben eine Collage aufs Papier.

9

**Gut gerüstet.** Dieser Kerl mit Knüppel und Glocke nennt sich der Abstrakte.

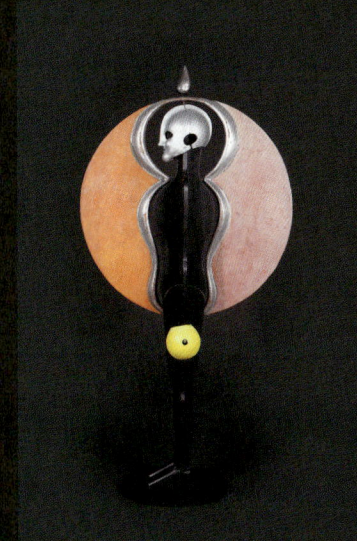

10

**Echt schnittig.** Stolz trägt der Scheibenmann sein Kostüm aus Metall. Der Schild ist am Helm befestigt.

Was das alles zu bedeuten hat, ist mir immer noch nicht klar. Ich meine: Irgendwie cool ist es ja schon. Man müsste nur mehr darüber wissen.

# FARBVERRÜCKT

Die Vorstellung ist zu Ende. Ich stolpere aus dem Saal hinaus und fühle mich wie nach einer Sonnenfinsternis. Maulwurf trifft auf Erdoberfläche. Nun läuft alles rückwärts, zuerst ist mir schwarz vor Augen, dann rosarot, dann zitronengelb. Und während ich laufe, blinzele ich abwechselnd mit dem linken, dann mit dem rechten Auge. Meine Augen gewöhnen sich nur allmählich an die normalen Lichtverhältnisse – doch da ist es schon passiert. Ich gehe den Gang vor und zurück und kenne mich nicht mehr aus. Wo bin ich? Vor lauter Schachbrettmustern, Spiralen, Kegeln und Kugeln habe ich die Orientierung verloren und mich im Haus verirrt. Gerade, dass ich noch weiß, wo im Raum oben und unten ist.

# STERN-STUNDEN

Auf einmal höre ich Schritte. Klack klack klack – gar nicht so unähnlich zu meinem Rhythmus mit den Klangstöcken. Die Schritte werden lauter. Schnell verstecke ich mich in einer Türlaibung. In meinem Aufzug als gepolsterte Ringeltaube möchte ich niemandem mehr unvermittelt unter die Augen treten. Und tatsächlich. Am Ende des Gangs taucht eine Frau auf, sie folgt einer Sternschnuppe. Die Sternschnuppe in ihrer Hand hat einen Namen: Kaffeetasse. Ich drücke mich noch enger an den Türrahmen. Bloß nicht fallen lassen, denke ich, auch wenn purzelnde Sternschnuppen genauso viel Glück bringen sollen wie Scherben.

Doch zu spät. Dieses Kostüm ist einfach zu dick. Die Frau hat mich entdeckt. »Ach, hallo«, sagt sie freundlich, »suchst du die Künstlergarderobe?« Ich schaue auf ihre ruhige Hand und bin sprachlos. Kein Anzeichen eines Zitterns, kein Tropfen verschüttet. Ein Profi steht vor mir. Ob ich ihr helfen könne, die Tür zu öffnen? Da fällt es mir wie Schuppen von den Augen. Oder vielmehr Sternschnuppen. Ich stehe vor ihrer Tür! Ich öffne sie und trete ein. Und was sehe ich? Auf einem großen Tisch liegen überall Fotografien, Zeichnungen und Farbdrucke von Gemälden – und Kostüme. Vor mir tauchen sie alle auf: der Taucher, die Smartie-Dame und der Scheibenmann. Ich bin im Zimmer der Kuratorin gelandet, der Expertin im Haus.

# ENTHÜLLUNG

Ich erzähle ihr von meinem Erlebnis in der Vorstellung. »Oskar Schlemmer war der Erfinder dieses Balletts«, sagt sie. »Er hat es ›Triadisches Ballett‹ genannt, weil triadisch ›dreifach‹ heißt.« Ach so! Drei verschiedene Tänze. Wie der Triathlon im Sport, mit drei Sportarten. Statt Rennen, Schwimmen und Fahrradfahren heißt es hier natürlich Tanzen. Und nochmal. Und noch ein letztes Mal. Drei Runden muss ein guter Tänzer schließlich durchhalten. So wie ich. Deshalb heiße ich ja auch Tribal. Ich habe die ersten drei Buchstaben von Tri-adisch und von Bal-lett genommen. Und das gibt zusammen Tribal. Der Name ist so verrückt, wie das Ballett selbst.

**Meisterhaft.** Bei der Erstaufführung in Stuttgart schlüpfte Oskar Schlemmer selbst ins Kostüm.

11

**Bühnenreif.** Zu jeder Aufführung gab es ein Programmheft. Die Zuschauer wollten wissen, was sie erwartete.

12

13

**Großer Applaus.** Für den Auftritt in Donaueschingen entwarf Oskar Schlemmer auch den Vorhang. Und begeisterte das Publikum.

# TATORT STUTTGART

»Wann hat das alles stattgefunden«, frage ich die Kuratorin.

»Vor knapp hundert Jahren. 1922 war die Erstaufführung. Und zwar in Stuttgart!«

»Und alle waren dabei? Der Taucher, der Astronaut, der Scheibenmann, die Drahtfigur, der einäugige Abstrakte und die kreisenden Damen?«

»Ja natürlich! Oskar Schlemmer selbst ist sogar ins Kostüm geschlüpft und hat mitgetanzt, schau, hier ist ein Foto von ihm.«

Ich glaube ich sehe nicht recht. Oskar Schlemmer in der Verkleidung, und zwar mit Wattebeinen und Ringelturban – er steckt tatsächlich in meinem Anzug.

»Die Zuschauer haben gejubelt und fanden es ganz toll, die neuen Tänze zu sehen. Bisher gehörten zu einem Ballett immer Tänzerinnen mit Tutu, die sich anmutig zur Musik bewegten. Oskar Schlemmer stellte das Ballett auf den Kopf. Er wollte seine Raumfiguren – Kugeln, Kegel, Spiralen und Scheiben – durch den Raum tanzen lassen und damit ein neues Gefühl wecken.«

»Wie lange hat so ein Tänzer gebraucht, sich das Kostüm anzuziehen?«

»Das war in der Tat knifflig. Insgesamt gab es nur drei Tänzer, die alle Rollen getanzt haben und sich blitzschnell umziehen mussten. Und Oskar Schlemmer hatte für seine zwölf Tänze 18 Kostüme vorgesehen.«

Das macht pro Tänzer sechs Kostüme. Ohne Klettverschlüsse, dafür mit Spangen, Knöpfen und Ösen. Das war der Haken an der Sache.

# WER WAR OSKAR SCHLEMMER?

Oskar Schlemmers Balletttruppe trat in vielen Städten auf. Jede Aufführung war anders. Mal wechselte er die Musik, mal änderte er die Schrittfolgen der Tänzer. Die Kuratorin hat darüber ziemlich viel geforscht, Briefe von ihm gelesen und Fotos sortiert. Im Klartext heißt das: Sie studiert seine Fußabdrücke ganz genau, weiß, welche Schuhgröße er hatte, prüft, wann er wo auf kleinem oder großem Fuß lebte, und betreibt Spurensicherung. Alles, was auf seinem Lebensweg so angefallen ist, sammelt sie auf und trägt es zusammen. Das muss sie tun, weil es ihr Beruf ist, Ausstellungen im Museum zu planen und die Besucher mit den Ergebnissen ihrer Detektivarbeit zu überraschen. Und wer ist der Mann, um den sich ihre Arbeit gerade dreht? Richtig: Oskar Schlemmer, der Mann mit der Denkerstirn.

## IM VISIER

»Denkerstirn« ist noch harmlos ausgedrückt. Das Foto, das ich hervorziehe, zeigt ihn ohne Turban. Er hat kein einziges Haar auf dem Kopf. Mit der Glatze ist sein Kopf so kugelig wie die Körperteile der Figuren, die im Ballett auftreten. Oskar Schlemmer sieht mich ernst und durchdringend an. Er wirkt so ruhig. War Tanzen sein Leben?

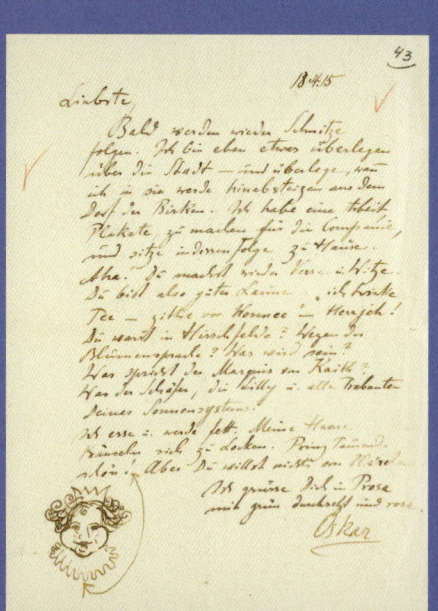

**Prinz Tausendschön.** Die Kuratorin kennt alle Briefe von Oskar Schlemmer. In diesem schrieb er seiner Geliebten und reimte sogar: »Ich trinke Tee – zittre vor Wonnee – Herrjeh! Ich esse und werde fett. Meine Haare kräuseln sich zu Locken. Prinz Tausendschön! Ich grüße Dich in Prosa mit grün durchsetzt und rosa. Oskar« Der Brief stammt aus dem Jahr 1915, damals hatte er noch Haare.

# 15

**Maskerade.** Die Maske in der Hand passt zu seinen Tanzfiguren. Was ist denn das andere Ungetüm, das er hochhält? Ein Fliegengitter oder ein Kuchenrost? Sicherlich ein neues Requisit fürs Theater.

### MASKIERE DICH SELBST!

Schneide Augen, Mund und Nase aus einem Pappteller und befestige ein Gummiband daran. Jetzt male die Maske bunt an, klebe lustige Papierschnipsel drauf und verziere sie mit Wolle.

## STECKBRIEF

Oskar Schlemmer kam am 4. September 1888
in Stuttgart auf die Welt, wuchs mit fünf älteren Geschwistern
auf und ging – wie jeder von uns – in die Schule.
Eigentlich lief alles normal. Doch als er 14 Jahre alt war, starb sein Vater.
Die Mutter musste die Familie allein ernähren und konnte
für Oskar kein Schulgeld mehr bezahlen. Obwohl er Klassenbester war,
musste er die Schule abbrechen und arbeiten.
Sein Entschluss stand fest: Er wollte Maler werden.
Und fing bei einem Kunsthandwerker an,
wo er noch besser zeichnen lernte
als er ohnehin schon konnte.

**16**

SEIN VATER
**Carl Leopold** war ein
lustiger Kerl. Er liebte Theater
und Clownerie.

**17**

SEINE MUTTER
**Luise Wilhelmine**
war sehr zurückhaltend
und dachte viel nach.

**18**

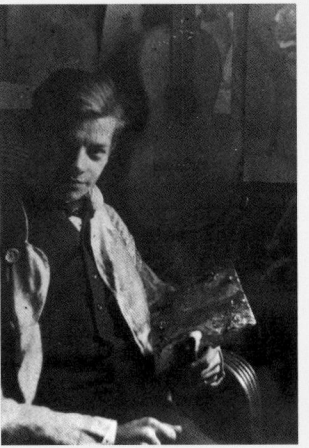

**Oskar Schlemmer**
hatte von beiden etwas:
Er war ein
nachdenklicher Clown.

**19**

**Form oder Farbe?** Im Stuttgarter Atelier experimentierte Oskar Schlemmer mit Farben und Formen. Sie folgten seinen Gedanken, wurden mal lauter, mal leiser. In sein Tagebuch notierte er sich: »Je mehr Farbe, desto weniger Form; jetzt formvoller, aber farbloser.«

**20**

▶

**Findest du dieses Bild im Atelier?** Oskar Schlemmer hat hier eine Landschaft vor einem Kloster gemalt. Später widmete er sich nur noch Figuren.

# VERRÜCKT NACH KUNST

Die Kunst brachte ihm so viel Spaß, dass er noch eins draufsetzte. Er studierte an der Akademie und fand Leute, die ihn förderten und sein Studium bezahlten. Denn Oskar Schlemmer gehörte zu den Künstlern, die etwas Neues ausprobierten: Er zerlegte Figuren in Würfel und andere geometrische Formen und baute sie anschließend wieder neu zusammen. Weil Würfel auf Lateinisch »Kubus« heißt, nennt man diese Kunstrichtung Kubismus.

## 21

**Spiegelbild.** Sogar sein eigenes Bildnis hat er aus Quadraten, Dreiecken und Ovalen zusammengebaut.

WAS MACHT EINE FIGUR ZUR FIGUR?

»DAS QUADRAT DES BRUSTKASTENS, DER KREIS DES BAUCHS, ZYLINDER DES HALSES, ZYLINDER DER ARME UND UNTERSCHENKEL, KUGEL DER GELENKE AN ELLBOGEN, KNIE, ACHSEL, KNÖCHEL, KUGEL DES KOPFES, DER AUGEN, DREIECK DER NASE«

DAS WAR FÜR OSKAR SCHLEMMER DER SPRINGENDE PUNKT.

### SELBSTBILDNIS

Schaue selbst in den Spiegel. Welche Formen findest du in deinem Gesicht? Welche Farben passen zu dir?

## WUNDERKISTE

Nimm den Deckel eines Schuhkartons und unterteile ihn in vier Rechtecke. Bemale sie tomatenrot, zitronengelb, froschgrün und nachtblau. Nun klebe deine Fundstücke – Steinchen, Federn, Hölzer, Bonbonpapiere, Kastanien, Eintrittskarten – auf den Karton. Fertig ist die Wunderkiste.

**23**

**Hochstapelei.** Wenn etwas keinen Gegenstand mehr abbildet, ist es gegenstandslos und damit abstrakt. Oskar Schlemmer hat hier hölzerne Rahmenteile und Kreissegmente in die Höhe gestapelt. Und in seinem abstrakten Gebilde noch Orgelpfeifen entdeckt. Ganz schön pfiffig.

**22**

**Wie im Mensch ärgere dich nicht.** Oskar Schlemmer experimentierte mit allem, was ihm unter die Finger kam. Mit Ölfarbe oder Metallfolie, Pinsel, Feder und Zirkel: Er malte, collagierte, zeichnete und linierte Figuren, die er in Planquadraten auf seinen Spielfeldern tanzen ließ.

**24**

**Farbspiel.** Die einzelnen Flächen malte Oskar Schlemmer verschieden an. Ein paar Farbspritzer und fertig ist die Figur!

# DAS BAUHAUS

Ich beginne zu verstehen. Oskar Schlemmer war nebenberuflich Tänzer und hauptberuflich Maler und Bildhauer. Und er war ein Meister in seiner Kunst. Das fanden auch andere: Walter Gropius zum Beispiel, der in Weimar Direktor einer Kunstschule war. Er bat Oskar Schlemmer, zu ihm nach Weimar zu kommen, und freute sich, als dieser 1920 seiner Einladung folgte. Denn für seine Schule wünschte er sich gute Lehrer – eben solche wie Oskar Schlemmer.

## GROSSE KLASSE

Das »Staatliche Bauhaus«, wie Walter Gropius seine Kunstschule nannte, war einmalig. Nirgendwo sonst konnten sich die Studenten so frei entwickeln und Kunst und Handwerk gleichzeitig erlernen – damals war das etwas ganz Neues: Es gab Malklassen, Bildhauerateliers, Holzwerkstätten, Webereiwerkstätten, Keramikwerkstätten und vieles mehr. Wer lernen wollte, Bühnenbilder und Kostüme zu entwerfen, ging zu Oskar Schlemmer in die Bühnenkunstklasse. Er hatte alles parat: Stoff, Watte, Holz und Metall.

## GLÜCKSRITTER

Mich durchfährt förmlich ein Lichtblitz. Ach, hier wurden wohl die Kostüme für das Triadische Ballett geschneidert? Meins auch? Wurde das Ballett auch in Weimar aufgeführt? »Ja«, sagt die Kuratorin, »ziemlich lustig ging es vor allem auch im Dessauer Bauhaus zu. Die Studenten haben dort gleich das ganze Schulgebäude als Bühne genutzt«. – Jetzt dreht sich alles bei mir. Sitze ich im falschen Raumschiff? Dessau – das Bauhaus ist doch in Weimar? Walter Gropius war Architekt und hat in Dessau ein neues Gebäude gebaut. 1925 zog das Bauhaus um. Und alle gingen mit: Lehrer und Studenten, Kind und Kegel, Zylinder und Kugel.

# 26

**Drachenstark** ist diese Einladungskarte. Da trumpft ein helles Gelb gegen leuchtendes Orange auf, da sucht kühles Blau ein warmes Grün. Und dazwischen hinein trompetet volles Rot. Kein Wunder, wenn der Drache Feuer spuckt!

### DRACHENFEST

Wann startest du dein Drachenfest? Gestalte lustige Karten und lade Freunde ein: mit Kostümen und Masken, Pauken und Trompeten. Nimm eine leere Papprohre, klebe sie mit Klebeband unten zu und fülle Reiskörner hinein. Klebe sie oben auch gut zu. Nun schüttle die Röhre. Wie hört sich das an?

# 25

**Zum Kugeln.**
Oskar Schlemmer war ein Meister und kannte das ganze ABC der Bühnenkunst. Hier war die Schule seine Kulisse.

# WILDE KERLE

Die Bauhäusler waren fleißig. Auch beim Feiern. Mindestens viermal im Jahr stieg die Party. Wenn das Drachenfest oder Laternenfest nahte, gab es alle Hände voll zu tun. Kostüme und Masken mussten her, Leckereien auf den Tisch. Alles fertig? Los ging's! Die Truppe zog mit Tschinellen, Klangstäben und Glockenspiel lautstark durch die Stadt, tanzte und machte Blödsinn. Auch Oskar Schlemmer legte sich mächtig ins Zeug. Er dekorierte Räume, spielte Klavier oder Schlagzeug und mimte den Clown. Hallo, hallo! Seht ihr mich? Ich bin Tribal. Ich habe auch eine Einladung! Ich mache auch mit!

**27**

**Alles getoppt.** Beim Tanz auf dem Dach vom Bauhaus ist Oskar Schlemmer mittendrin. Er ist schwarz gekleidet und hält eine weiße Maske in der Hand.

**28**

**Offene Gesellschaft.** Auch Oskar Schlemmers Familie mischte überall mit. Links neben ihm sitzt Ehefrau Tut (er nannte sie wirklich so), dazwischen die drei Kinder Karin, Jaïna, Tilman und rechts von ihm Freunde.

## 29

**Rätselhaft.** Wer ist die Frau, die uns den Rücken kehrt? Oskar Schlemmer hat dieses Bild »Familie« genannt.

# FREUNDE

Das Bauhaus in Dessau war das, was man ein Gesamtkunstwerk nennt. Man verbringt Zeit zusammen in einem Haus, das man zusammen entworfen hat, und arbeitet zusammen an Dingen, die man sich zusammen ausgedacht hat. Was ist der Motor von allem? Der Zusammenhalt. Die Freundschaft. Die Künstler, die am Bauhaus gemeinsam arbeiteten, waren dicke Freunde.

## 30
**Die Schlemmers.** Das hat er nur selten gemalt: seine Familie zu Hause.

## 31
**Fabelhaft.** In der Gemeinschaft am Bauhaus war jedes Glied wichtig. Und unverzichtbar – wie die Einzelteile dieses Hampelmanns. Ob Oskar Schlemmer ihn für eines seiner Kinder entworfen hat?

### FANTASIEFIGUR

Schneide ganz viele Dreiecke, Vierecke und Kreise aus Zeitschriften aus und klebe sie auf ein großes Blatt neben- und übereinander, sodass eine tanzende Fantasiefigur entsteht. Male außen herum Musiknoten in grellen Farben, die deine Figur umschwirren.

32

**Tütenfrau.** Schwerelos schwebt die Tänzerin durch den Raum. Licht und Schatten hüllen sie ein.

# DIE TÄNZER-MENSCHEN

> TACK TACK TACK
> BIN ICH'S ODER BIN ICH'S NICHT,
> TANZEN, DAS IST DIE GESCHICHT'
> AUF DIE FÜSSE EINS, ZWEI, DREI,
> TRIBAL, DER IST MIT DABEI.

Lauter Tänzer sind um mich herum. Eine blaue Dame mit Tütenkostüm. Ein weißer Tänzer. Er spreizt seinen Fuß ab. Sein Körper ist durchgespannt. Vom Scheitel bis zur Sohle. Mich juckt es in den Füßen. Ich beginne zu tanzen.

## HÖHENFLÜGE

Ich komme langsam in Fahrt, starte mit kühlem Blau, setze Pirouetten in Signalrot und springe dann gelbverrückt im Quadrat. Da höre ich draußen Gelächter. Fröhliche Frauenstimmen. Was ist dort los?

## WEGWEISER

Ich bin neugierig, mich zieht's nach draußen. Ein kühler Männerkopf weist mir mit seinen Lippen den Weg und stößt mich förmlich auf zwei Türen. Ich staune Bauklötze. Über der linken Tür sitzt ein vergnügter, drahtiger Mann und lässt eine kleine Figur auf seiner Handfläche kreiseln. Ich wähle diesen Ausgang.

**33** **Mann, o Mann.** Oskar Schlemmer dekorierte viele Räume. Drahtmänner sind die Wand hochgeklettert und schlagen die Brücke zwischen Skulptur und Raum. Das ist die hohe Kunst.

# TREPPAUF, TREPPAB

Eine Traube von Menschen geht in das Gebäude der Kunstschule und nimmt Kurs auf die Treppe. Einige Frauen und Männer steigen nach oben, andere kommen von oben herunter. Alle freuen sich auf ihre Arbeit. Ist Oskar Schlemmer auch dabei? Wenn ich ihm begegne, wird er mich bestimmt freundlich grüßen und mich fragen, an was ich gerade arbeite und ob ich neue Ideen habe. Im Treppenhaus gibt es immer lustige Gespräche. Wie in der Schule, bevor alle in ihre Klassenzimmer verschwinden.

Der Gong ertönt, und ich schrecke auf. Das klingt ganz nach Schulpause! Meine Brotzeitbox habe ich leider nicht dabei. Da höre ich es. Es fängt leise an und wird immer lauter. Schließlich donnert es wie ein Drache, nein: wie zwei Drachen. Aber ich finde keine Spur von einem Ungeheuer. Was hier lärmt, ist eindeutig mein Magen. Die Kuratorin sieht mich ruhig an, lächelt freundlich und erhebt sich von ihrem Stuhl. »Ich komme gleich wieder«, sagt sie und verlässt das Zimmer.

▼

# DRACHENDRESSUR

Ich entdecke ein neues Foto. Natürlich wieder eines in Schwarz-Weiß, wie alle Aufnahmen zur Zeit von Oskar Schlemmer. Gut, dass wenigstens die Künstler über bunte Farben verfügten, sonst würde ich denken, dass die Erde, unser blauer Planet, vor hundert Jahren farblos war. Auf dem Foto laufen lauter vergnügte Frauen treppauf, treppab. Das müssen die Weberinnen sein, die neue Muster erfanden und wie Oskar Schlemmer mit Farben und Formen experimentierten.

Die Tür öffnet sich, und die Kuratorin kommt zurück. Aber nicht allein. Sie hält eine Sternschnuppe in der Hand. Die Sternschnuppe heißt: Kakaotasse. Sie ist blau und kegelförmig. Und bis oben hin gefüllt. Ein Schlemmerbecher. Oben auf der Schokomilch sitzt eine große weiße Sahnekuppel. Und auf der Sahnekuppel wiederum tanzen kunterbunte Zuckerstreusel. Sie leuchten so fröhlich wie mein Ringelkostüm. Das alles ist für mich. Dankbar nehme ich die Tasse in die Hand und genieße Schluck für Schluck.

**Die Bauhaustreppe** ist Oskar Schlemmers berühmtestes Gemälde. Auch er selbst empfand es als sein vielleicht bestes Bild.

## 34

## 35

**Die Weberinnen** waren topmodern. Sie trugen Bubikopf-Frisuren und sogar Hosen.

### TREPPENHAUS

Treppauf, treppab ... da passiert doch was! Verstecke dich im Treppenhaus und lausche den Geräuschen und Gesprächen. Erkennst du, wer unterwegs ist? Als Detektiv kannst du hier deine Spürnase schulen und eine spannende Geschichte erfinden.

## BILDNACHWEIS

Die Vorlagen wurden freundlicherweise von den in den Bildlegenden genannten Museen und Sammlungen zur Verfügung gestellt. Soweit nicht anders bezeichnet, stammen sie aus dem Archiv Oskar Schlemmer, Staatsgalerie Stuttgart.

**1** Figurine zum *Triadischen Ballett: Türke*, 1922

**2-4** *Das Triadische Ballett*, Regieheft für Hermann Scherchen, darin Figurenplan, Gruppenfoto und 8 Szenenfotos mit Anweisungen, 1927, Bauhaus-Archiv Berlin, Foto: Atelier Grill (Karl Grill) und Ernst Schneider © VG Bild-Kunst, Bonn 2014

**5** Figurine zum *Triadischen Ballett: Taucher*, 1922

**6** Figurenplan zum *Triadischen Ballett*, 1924/26, Tuschfeder und Aquarell auf Maschinenbütten

**7/8** *Das Triadische Ballett*, Regieheft für Hermann Scherchen, darin Figurenplan, Gruppenfoto und 8 Szenenfotos mit Anweisungen, 1927, Bauhaus-Archiv Berlin, Foto: Atelier Grill (Karl Grill) und Ernst Schneider © VG Bild-Kunst, Bonn 2014

**9** *Triadisches Ballett, Entwurf zur Figurine: Der Abstrakte*, um 1920, Staatliche Museen zu Berlin – Preußischer Kulturbesitz, Kunstbibliothek, Foto: Dietmar Katz

**10** Figurinen zum *Triadischen Ballett: Scheibentänzer*, 1922

**11** Oskar Schlemmer als Tänzer, türkisch, *Triadisches Ballett*, 1922, Fotografie vom Künstler farbig überarbeitet

**12** Programmheft zur Uraufführung des *Triadischen Balletts*, Stuttgart 1922,

**13** Das *Triadische Ballett*, Donaueschingen 1926, Mitwirkende: *Türke*: Karl Heiningk, *Drahtkostüm*: Daisy Spies und *Abstrakter*: Carl von Hacht, vor dem von Schlemmer entworfenen Vorhang, Deutsches Tanzarchiv, Köln, Foto: Karl Grill © VG Bild-Kunst, Bonn 2014

**14** Oskar Schlemmer an Daria Yekimovsky, 18.4.1915 (mit Zeichnung Kinderkopf)

**15** Oskar Schlemmer mit Maske und Metallobjekt, ca. 1931

**16** Carl Leopold Schlemmer

**17** Luise Wilhelmine Schlemmer (geb. Neuhaus)

**18** Oskar Schlemmer mit Palette in seiner Stuttgarter Wohnung in der Senefelderstraße, um 1906

**19** Atelieraufnahme, Untere Anlagen, Stuttgart, 1912

**20** *Vor dem Kloster*, 1912, Staatsgalerie Stuttgart

**21** *Männlicher Kopf II, Selbstbildnis*, 1913, Staatsgalerie Stuttgart

**22** *Plan mit Figuren*, 1919, Staatsgalerie Stuttgart

**23** *Ornamentale Plastik auf geteiltem Rahmen*, 1919/1923, Kunstsammlung Nordrhein-Westfalen, Düsseldorf, Foto: Walter Klein, Düsseldorf

**24** *Figur von vorn*, um 1915/16, Privatsammlung Courtesy Galerie Valentien, Stuttgart

**25** *Der Bau als Bühne*, Dessau 1928, Bauhaus-Archiv Berlin, Foto: Erich Consemüller © Dr. Stephan Consemüller

**26** Karte zum Drachenfest, 1921, Bauhaus-Archiv Berlin

**27** Mitglieder der Bühnenwerkstatt auf dem Dach des Bauhauses, teilweise in Kostümen aus *Treppenwitz*, 1928, Neuabzug 1985, Bauhaus-Archiv Berlin, Foto: Irene oder Herbert Bayer

**28** Lola Yekimovsky, Gunta Stölzl, Karin, Jaïna und Tilman, Tut Schlemmer (v.l.n.r.), dahinter Oskar Schlemmer, um 1928, Bauhaus-Archiv Berlin

**29** *Familie*, um 1923, Staatsgalerie Stuttgart, Graphische Sammlung

**30** *Raum mit sieben Figuren*, 1937, Privatsammlung Courtesy Galerie Valentien

**31** *Gliederpuppe*, 1922, Bauhaus-Archiv Berlin, Entwurf: Oskar Schlemmer, Herstellung: Josef Hartwig © VG Bild-Kunst, Bonn 2014, Foto: Fred Kraus

**32** *Tänzerin (Die Geste)*, 1922, Öl und Tempera auf Leinwand, Bayerische Staatsgemäldesammlungen München, Pinakothek der Moderne, Foto: bpk

**33** Wandgestaltung im Haus Rabe in Zwenkau bei Leipzig, 1930/31, Adolf Rading (Architekt, 1929/30), Bauhaus-Archiv Berlin, Foto: Dieter Leistner

**34** *Bauhaustreppe*, 1932, The Museum of Modern Art, New York, Schenkung Philip Johnson, Foto: © 2014. Digital image

**35** Die Weberinnen auf der Dessauer Bauhaustreppe, um 1927, Foto: T. Lux Feininger © Estate of T. Lux Feininger

## IMPRESSUM

Das Kinderkunstbuch *Tribal tanzt* erscheint anlässlich der Ausstellung *Oskar Schlemmer – Visionen einer neuen Welt* 21. November 2014 – 6. April 2015 in der Staatsgalerie Stuttgart, kuratiert von Ina Conzen

Diese Publikation wurde in Zusammenarbeit mit der STAATSGALERIE STUTTGART realisiert und durch die freundliche Unterstützung der L-Bank ermöglicht.

L-BANK
Staatsbank für Baden-Württemberg

STAATSGALERIE STUTTGART
Konrad-Adenauer-Straße 30 – 32 / D-70173 Stuttgart
info@staatsgalerie.de
www.staatsgalerie.de

KLINKHARDT & BIERMANN VERLAG
Lentnerweg 14 / D-81927 München
Tel. +49 (0)89 - 93 93 37 56 / Fax +49 (0)89 - 943 99 26 84
info@klinkhardtundbiermann.de
www.klinkhardtundbiermann.de

© 2014 Staatsgalerie Stuttgart und Klinkhardt & Biermann Verlag, München
Alle Rechte vorbehalten. Das Werk darf – auch teilweise – nur mit Genehmigung des Verlags wiedergegeben werden.

Herausgeber: STAATSGALERIE STUTTGART
Projektkoordination: STEFFEN EGLE, Staatsgalerie Stuttgart
Text: ANNE FUNCK
Idee und Recherche: ANKE MENZ-BÄCHLE, Staatsgalerie Stuttgart
Lektorat: BÜRO ANNE FUNCK, München
Herstellung: RAINALD SCHWARZ, München
Gestaltung: MARION BLOMEYER, München
Lithografie: REPROMAYER MEDIENPRODUKTION GMBH, Reutlingen
Druck und Bindung: PASSAVIA DRUCKSERVICE GMBH & CO. KG, Passau

Umschlagabbildung hinten:
Das *Triadische Ballett*, Regieheft für Hermann Scherchen, darin Figurenplan, Gruppenfoto und 8 Szenenfotos mit Anweisungen, 1927, Bauhaus-Archiv Berlin, Foto: Atelier Grill (Karl Grill) und Ernst Schneider © VG Bild-Kunst, Bonn 2014

Die Deutsche Nationalbibliothek verzeichnet diese Publikation in der Deutschen Nationalbibliografie; detaillierte bibliografische Daten sind im Internet unter http://dnb.d-nb.de abrufbar.

ISBN 978-3-943616-23-1
Printed in Germany

Und wenn du dich gestärkt hast, dann mach' dich doch treppauf, treppab auf den Weg in die STAATSGALERIE STUTTGART. Dort kannst du die Kostüme und Bilder von Oskar Schlemmer in echt anschauen.